Brianna Wiest

SALT WATER – SALZWASSER

ZU DIESEM BUCH

In Versen und Strophen, die kraftvoll und zart zugleich sind, drückt Brianna Wiest aus, was unsere tiefe Verbindung zur Natur, zueinander und zu uns selbst bestimmt. Kunstreich und frei erzählt sie von den Geheimnissen des Herzens, von unserer Sehnsucht nach Verbundenheit und von der Schönheit, die so manchem flüchtigen Moment innewohnt. Wie Sonnenstrahlen dringen ihre Worte durch die Dunkelheit und erfüllen uns mit Licht und Wärme. Ihre Gedichte spenden Trost, Inspiration und die Gewissheit, dass die Sprache der Poesie die Kraft besitzt, unser Leben zu verändern.

Brianna Wiest ist die Autorin des *SPIEGEL*-Nummer-1-Bestsellers »101 Essays, die dein Leben verändern werden«, »The Mountain Is You«, »The Life That's Waiting« und vieler anderer Erfolgstitel, die in über 40 Sprachen übersetzt und weltweit millionenfach verkauft wurden. Sie hat am Elizabethtown College studiert, wo ihr 2024 die Ehrendoktorwürde in englischer Literatur verliehen wurde.

BRIANNA WIEST

SALT WATER

SALZ WASSER

Poetry

Aus dem amerikanischen Englisch
von Renate Graßtat

PIPER

Mehr über unsere Autorinnen, Autoren und Bücher:
www.piper.de

Von Brianna Wiest liegen im Piper Verlag vor:
Salt Water – Salzwasser
The Life That's Waiting
I Am The Hero Of My Own Life
The Truth About Everything
The Pivot Year – Zeit für inneres Wachstum
When You're Ready – This Is How You Heal
The Mountain Is You
101 Essays, die dein Leben verändern werden

FSC
www.fsc.org
MIX
Papier | Fördert gute Waldnutzung
FSC® C014496

VERANTWORTUNG • PRODUZIERT MIT VERANTWORTUNG

ISBN 978-3-492-07309-7

Die Originalausgabe erschien 2017 unter dem Titel *Salt Water*
bei Thought Catalog Books, New York/Los Angeles.

Für einen direkten Kontakt und Fragen zum Produkt
wenden Sie sich bitte an: *info@piper.de*
Umschlaggestaltung: Büro Jorge Schmidt, München
nach einem Entwurf von KJ Parish
Satz: Nadine Clemens, München
Gesetzt aus der Arno
Litho: Lorenz & Zeller, Inning am Ammersee
Druck und Bindung: GGP Media GmbH, Pößneck
Printed in Germany

TO S.B.

Part of you pours out of me
in these lines from time to time.

I escape in the same mind
that traps me.

MALANDA

AN S.B.

In diesen Zeilen fließt hin und wieder
ein Teil von dir aus mir.

Ich flüchte mich in das Denken,
das mich gleichzeitig gefangen hält.

MALANDA

Letting go
Is not releasing
It is allowing
What already is

Loslassen
Heißt nicht Aufgeben
Es heißt Zulassen
Was bereits ist

The universe is dyadic
Like us

Stars are not solitary
They have »companions«,
Separate, but equal planets
That keep from collapsing into one another
By opposing centrifugal force

Their distance and desire
Create the structure of the universe

Our hearts and lungs
Exist in halves
Our lives are split
By light and dark

We have sets of heart chambers
And pairs of feet
The corneas reading this
Are opposing replicas

We were born from waves and falters
We were designed to be terrified of what we want most
These forces touch
Even unconscious beams of light in the sky

Das Universum ist dyadisch
Wie wir

Sterne sind keine Einzelgänger
Sie haben »Begleiter«
Es sind getrennte, doch gleiche Planeten
Die nie ineinanderstürzen
Weil entgegengesetzte Zentrifugalkräfte wirken

Ihre Anziehung und Entfernung
Bilden den Aufbau des Universums

Unsere Herzen und Lungen
Haben zwei Hälften
Und unser Leben teilt sich
In Dunkel und Licht

Wir haben zwei mal zwei Herzkammern
Und ein Paar Füße
Die Hornhäute der Augen, die dies hier lesen
Sind wie zwei Kopien, spiegelverkehrt

Wir wurden geboren aus Fließen und Stocken
Wir sind so beschaffen, dass uns entsetzliche Angst
macht, was wir uns am meisten wünschen
Diese Kräfte berühren
Selbst kaum wahrnehmbare Lichtstrahlen am Himmel

I thought becoming myself
Was improving each part
Piece by piece
But it was finding
A hidden wholeness
Seeing the fractures
As the design

Ich dachte, ich selbst zu werden
Würde bedeuten, alles an mir zu
verbessern
Stück für Stück
Doch ich fand
Eine verborgene Ganzheit
Und sah die Brüche
Als ihre Gestalt

But can I tell you
That what I had been looking for all that time
Was me
And there was no photo so beautiful
No dripping rose perfume
Sweat-stained towel
Dulled black cotton dress
Messy, bleached waves sticking to lip balm
Lukewarm air filling the car
Moment of stinging anxiety
That wasn't filled with the same deep knowing
I didn't fit in this world
Because I was born to help create a new one

Doch kann ich dir sagen
Wonach ich all diese Zeit gesucht habe
War ich
Und es gab kein noch so schönes Foto
Keinen langsam einsickernden Rosenduft
Schweißgetränktes Handtuch
Verwaschenes schwarzes Baumwollkleid
Keine verschmierten, verblichenen Brösel,
am Lippenpflegestift klebend
Stehende Luft im Auto
Momente stechender Angst
Die nicht von diesem tiefen Wissen erfüllt waren
Ich passte nicht in diese Welt
Weil ich geboren wurde, um bei der Erschaffung einer neuen mitzuhelfen

Silence is god's language,
Simplicity is her essence

Schweigen ist die Sprache Gottes
Einfachheit ihre Essenz

Productivity is how you run away from yourself
Creativity is how you become yourself

Durch Produktivität läufst du vor dir selbst davon
Durch Kreativität wirst du zu dir selbst

The things we lose are not losses
They are entryways
They are the world saying, sometimes sharply,
There is something else out there

Was wir verlieren, ist kein Verlust
Es ist eine offene Tür
So sagt die Welt uns, manchmal heftig
Da draußen ist noch etwas anderes

What we are doing here is unlearning
Unbecoming everything we were taught to be
We are unlearning trends, consuming
We are undoing binds, removing pacifiers
And screaming out
We are letting go of every beautiful thing
That we thought we needed to be who we are
And discovering that we could be ourselves
Or we could be distracted
There was never anything else

Was wir hier tun, ist Verlernen
Nichts mehr von dem zu sein, was man uns beigebracht hat
Wir verlernen, Trends zu folgen und zu konsumieren
Wir lösen Fesseln, nehmen den Schnuller aus dem Mund
Und schreien auf
Wir lassen alles Schöne los
Von dem wir dachten, dass wir es brauchten,
um wir selbst zu sein
Und entdecken, dass wir entweder ganz wir selbst sein konnten
Oder abgelenkt
Etwas anderes gab es nie

You are so busy standing in your ruins
That you are not building a new city

Du bist so damit beschäftigt, in deinen Trümmern zu stehen
Dass du keine neue Stadt aufbaust

I put the tip of my fingernail on the glass of my phone as I replay recordings of people speaking.

I feel bursts of vibration that create the word, the sound, the thought, the transmission of information. The movement of creation on my fingertip. This is how it is to realize that everything we do and are is just another formation of these tiny movements, like notes in a song. This is how it is to realize that in everything we do, we are composing.

Ich tippe mit dem Fingernagel auf das Glas meines Handys, wenn ich abspiele, was andere sagen.

Ich fühle die kleinen Vibrationen, die das Wort kreieren, den Ton, den Gedanken, die Übertragung der Information. Die Bewegung der Schöpfung an meiner Fingerspitze. So fühlt es sich an zu erkennen, dass alles, was wir tun und sind, nur eine andere Formation dieser winzigen Bewegungen ist, wie die Noten eines Liedes. So fühlt es sich an zu erkennen, dass wir in allem, was wir tun, komponieren.

Your body will never choose loss
So instead of focusing on how much less you want
Weight, fights, debt, worry
Focus on what more you want
Strength, harmony, freedom, certainty
It is in building the new that we are freed
Not in damning the old

Dein Körper wird sich niemals dafür entscheiden,
etwas zu verlieren
Also fokussiere dich nicht darauf, wie viel du
weniger haben möchtest
Gewicht, Streit, Schulden, Sorgen
Fokussiere dich auf das, was du möchtest
Kraft, Harmonie, Freiheit, Sicherheit
Im Aufbau des Neuen werden wir frei
nicht im Verdammen des Alten

Build it, and it will come
Empty out a drawer for someone
They will fill it
Share your work every day
People will find it
Walk and your legs will strengthen
Open your hours and your days will fill
Speak as though you've arrived
And reality will realign

Baue es auf, und es wird kommen
Räume für jemanden eine Schublade frei
Er wird sie füllen
Zeige jeden Tag deine Arbeit
Die Menschen werden sie finden
Laufe und deine Beine werden stärker
Halte Zeit frei und dein Tag wird sich füllen
Rede, als wärst du schon angekommen
Und die Wirklichkeit wird sich darauf einstellen

There is no such thing as being idle
Even in rest the body is purging, storing, restoring
Letting the mind go quiet is not stepping into nothingness
It is allowing clarity and grace
It is replacing chaos with light

So etwas wie Müßigsein gibt es nicht
Selbst im Ruhezustand reinigt sich der Körper,
speichert und erneuert sich
Den Geist ruhigzustellen heißt nicht, ins Nichts einzutreten
Es heißt, Klarheit und Schönheit zuzulassen
Es heißt, Chaos durch Licht zu ersetzen

There is something you can learn from everyone. Anything you can learn, any book you can read or any song you can hear first came from the mind of another human being. And once you realize that all we ever really learn, receive, and experience comes from other human minds and hearts, you will never feel greater or less than another. You will only acknowledge that everyone has a different medicine, and our job is to find it and then share it with the world.

Von jedem Menschen lässt sich etwas lernen. Alles, was du lernen kannst, jedes Buch, das du liest, und jedes Lied, das du hörst, ist vorher im Kopf eines anderen Menschen entstanden. Und hast du dir erst einmal bewusst gemacht, dass alles, was wir jemals wirklich lernen, empfangen und erfahren, aus dem Geist und den Herzen anderer Menschen stammt, wirst du dich niemals größer oder kleiner als andere fühlen. Doch du wirst anerkennen, dass jeder Mensch sein eigenes Rezept hat, und unsere Aufgabe ist es, dies zu finden und dann mit der Welt zu teilen.

The path, like lines of a fingerprint, is unique to each of us
And so because there are no two lives alike
There is no need to compete with someone for your destiny
Abundance is everyone's fate

Der Weg ist, wie die Rillen eines Fingerabdrucks, für jeden
Menschen einzigartig
Und weil sich demnach keine zwei Leben gleichen
Brauchst du auch mit niemandem um deine Bestimmung
zu konkurrieren
Fülle hält das Schicksal für uns alle bereit

I learned to start moving with the moon
Obeying the trines
Resting when the stars were squaring
And moving when they were aligned
I used to laugh at people who believed in this
Until I came to find
The Earth is water like our bodies
And the moon controls the tides
The ecosystem we generated from
Was not an earthly body in its prime
It was stars and planets and solar systems
That are now cells of mine

Ich habe gelernt, mich nach dem Mond zu richten
Trigone zu beachten
Abzuwarten, wenn die Sterne sich in Opposition
zueinander befinden
Und aktiv zu werden, wenn sie günstig stehen
Früher habe ich die Menschen ausgelacht, die daran glaubten
Bis ich schießlich herausfand
Die Erde ist Wasser, wie unsere Körper
Und der Mond bestimmt Ebbe und Flut
Die Natur, der wir entstammen
War zunächst kein Erdenkörper
Sie bestand aus Sternen, Planeten und Sonnensystemen
Die nun meine Zellen sind

When you heal yourself
You heal everyone
When you're reaping a harvest
You can feed everyone
Don't let anyone tell you
That taking care of yourself is selfish
It's the only path
To enlightening the whole

Wenn du dich selbst heilst
Heilst du alle Menschen
Wenn du die Ernte einholst
Kannst du alle ernähren
Lass dir von niemandem erzählen
Dass Selbstfürsorge egoistisch wäre
Sie ist der einzige Weg
Um das Ganze erstrahlen zu lassen

Give to everyone else
What you wish the world would give to you
You'd be astounded how much more satisfying
It is to offer
Than it is to demand
And to take

Schenke allen anderen
Was du dir selbst von der Welt wünschst
Du wirst erstaunt sein, wie viel befriedigender
Es ist, etwas zu geben
Als zu verlangen
Und zu nehmen

Everything exists in layers and iterations
Reality is a series of fragmented perspectives
No two are the same
The way the truth seems self-evident to you
As it does to someone else who has walked a different path
When you realize this
You will discover what it means to be at peace with others
And why so many of us aren't

Alles besteht aus Schichten und Schleifen
Die Realität ist ein Nebeneinander zersplitterter Perspektiven
Keine zwei sind gleich
Wie die Wahrheit dir offensichtlich erscheint
So zeigt sie sich auch dem, der einen anderen Weg eingeschlagen hat
Wenn dir das bewusst wird
Wirst du entdecken, was es bedeutet, mit anderen in Frieden zu sein
Und warum so viele von uns es nicht sind

And what will you do
With your wild, untethered days
Other than sit around pacifying
In the chains of expectation?

Und was wirst du tun
Mit deinen wilden, ungezähmten Tagen
Als herumzusitzen und dich ruhigzustellen
In den Fesseln der Erwartung?

Real change happens in subtle motions
But mostly it's deciding to create a life
That didn't exist before
And that is the beauty of the things that break you
They force you to create yourself anew to move on
And perhaps that was the point
All along

Wahre Veränderungen geschehen in winzigen Schritten
Doch meist geht es um die Entscheidung, ein Leben zu erschaffen
Das es vorher nicht gab
Darin liegt die Schönheit der Dinge, die dich brechen
Sie zwingen dich, dich neu zu erschaffen, um weiterzumachen
Und vielleicht ging es darum
Die ganze Zeit schon

Do you know how hard it is to liberate yourself to be who you are?
Do you know how much work it takes to believe
The space your body takes up is the amount of Earth you get to hold
And your desire to be smaller, smaller, smaller
Comes from the belief that to be insignificant, unbothersome
Is to be good?

Weißt du, wie schwer es ist, dich zu befreien, um zu werden, wer du bist?
Weißt du, wie viel Anstrengung es kostet zu glauben
Dass der Raum, den dein Körper einnimmt, der Platz auf der Erde ist, den du besetzt
Und dass dein Wunsch, kleiner, immer kleiner zu sein
Von dem Glauben kommt, unbedeutend zu sein, nicht zur Last zu fallen,
Hieße, gut zu sein?

There is a sort of magic on the other side of becoming
That doesn't seem to exist in just being
I imagine the monks would laugh at me
And say, child, becoming is just learning how to be

Auf der anderen Seite des Werdens liegt ein gewisser Zauber
Den es im simplen Sein nicht gibt
Ich stelle mir vor, wie die Mönche über mich lachen würden
Und sagen: Kind, werden heißt einfach lernen zu sein

Imagine how things would feel
If you didn't know how they looked

Stell dir vor, wie sich die Dinge anfühlen würden
Wenn du nicht wüsstest, wie sie aussehen

Does your relationship improve
The more you are together

Or do you each deteriorate
Two misfit pieces
Grating against one another
Picking apart your contours
To fit with something
You were never meant for?

The closer you grow
The more finely your jagged edges
Should hug one another
As though they are not
Faults in your character
But spaces that mark you
As the one they've
Been waiting for
All this time

Because you don't recognize your soul mate
By the color of their hair
Or how certain you are that you've found them
So many people are so sure
And end up so wrong

You recognize them by flow
You recognize them because you vent to them

You recognize them because you don't have to question
»Should we be together?«
You are too busy
Being

You recognize them because
They make you feel like love is no longer something
You need to take a break from
But what you can fall back onto
When the rest of the world is too much

Verbessert sich eure Beziehung
Je mehr ihr zusammen seid

Oder geht es euch beiden schlechter
Zwei nicht zusammenpassende Teile
Die sich aneinander reiben
So dass ihr eure Konturen verliert
Um zu etwas zu passen
Wofür ihr nie gemacht wart?

Je vertrauter ihr miteinander werdet
Desto zarter sollten eure ausgefransten Ränder
Sich umarmen
Als wären sie keine
Mängel in eurem Charakter
Sondern Leerstellen, die euch kennzeichnen
Als die eine Person, auf die
Sie gewartet haben
Die ganze Zeit

Denn du erkennst deinen Seelenpartner nicht
An der Farbe seines Haares
Oder daran, wie sicher du dir bist, ihn gefunden zu haben
So viele Menschen sind sich so sicher
Und liegen am Ende so falsch

Du erkennst ihn daran, wie alles fließt
Du erkennst ihn, weil du dich ihm voll und ganz öffnest

Du erkennst ihn, weil du nicht zu fragen brauchst
»Sollten wir zusammen sein?«
Du bist zu sehr damit beschäftigt
Zu sein

Du erkennst ihn, weil
Er dir das Gefühl gibt, Liebe sei nichts mehr,
Wovon du Abstand brauchst
Sondern etwas, worauf du dich stützen kannst
Wenn dir alles andere zu viel ist

The first night I chose sleep over him
Was the first I truly loved myself

Die erste Nacht, in der ich mich entschied zu schlafen,
statt an ihn zu denken
War die erste, in der ich mich wirklich selbst liebte

Sometimes relationships end with you being confused
And that's their ending – confusion
Sometimes you fight for years only to discover
You were on the wrong side
One day you and your ex spoke for the last time
One day your mom picked you up for the last time
The saddest endings are the ones you don't realize are happening
The ones that don't end with a goodbye
The things that simply cease to exist
With no explanation –
No warning

Manchmal enden Beziehungen damit, dass du verwirrt bist
Und das ist ihr Ende – Verwirrung
Manchmal kämpfst du jahrelang, nur um festzustellen
Du standest auf der falschen Seite
Eines Tages hast du das letzte Mal mit deinem Ex geredet
Eines Tages hat dich deine Mom zum letzten Mal abgeholt
Die traurigsten Enden sind die, die du gar nicht bemerkst
Die kein Abschied markiert
Sondern wenn etwas einfach aufhört
Ohne eine Erklärung –
Ohne Vorwarnung

There are no deadlines for your life
You don't have to pull the magic out of you
By some particular point in time
It is never too late for a miracle
The right time for anything to happen is now

Für dein Leben gibt es keine Fristen
Du brauchst dir nicht zu einem bestimmten Zeitpunkt
Die Magie aus dem Herzen zu reißen
Es ist nie zu spät für ein Wunder
Die richtige Zeit für alles ist jetzt

The only prayer I have left
Is that I may do something today
That changes tomorrow

Das einzige Gebet, das mir bleibt
Ist, dass ich heute etwas tun möge
Was das Morgen verändert

Love is not a sensation you transmute
It is something that someone's presence
Allows you to feel
As though their being
Gives your body permission
To release hormones
And heat
And hope

Which is why we fall just as much in love
With things that are not love
And people who are not loving
And why we want the perfect match
The one who makes our endocrine systems
Fire off without interruption

But I have to wonder
Why people crave so deeply
A feeling that's generated within them
A feeling that their body makes for itself

And why they wait to feel
What they're already capable of
If only they'd let it

Liebe ist nicht ein Sinneseindruck, den du in
ein Gefühl umwandelst
Sondern etwas, das dir die Gegenwart eines Menschen
Ermöglicht zu fühlen
Als würde sie deinem Körper erlauben
Hormone auszuschütten
Und Wärme
Und Hoffnung

Deshalb verlieben wir uns
Genauso in Dinge, die nicht liebenswert sind
Und Menschen, die nicht lieben
Deshalb sind wir auf der Suche nach dem perfekten Gegenstück
Das unser Hormonsystem
Ununterbrochen feuern lässt

Doch ich muss mich fragen
Warum die Menschen sich so tief
Nach einem Gefühl sehnen, das in ihnen selbst erzeugt wird
Einem Gefühl, das ihr Körper für sich selbst erschafft

Und warum sie darauf warten, etwas zu fühlen
Was sie bereits fühlen könnten
Wenn sie es nur zulassen würden

When I began to break open
A symptom was random recollections

I began to remember
Recurring dreams I had years ago
Hallways in preschool
Things buried so deep
Only some divine awakening
Could unearth them in my mind

I stayed in a cabin one summer
In it, I baked a Fourth of July cake
And tried to write a book
But it was too hot when the icing went on
And I didn't have the ability
To write for thousands of words

But there I was
The little pieces of me
The things I would become
The things I would still love

They'd grow and they'd evolve and they'd become
At its core my whole life blossomed from seeds within me
I spent my years scavenging for them
But all I had to do was water them and give them light
What was already within me
Would inevitably grow
My job was not to plant them
But to make sure I was well enough
To let them take root

Als ich begann mich ganz zu öffnen
Waren zufällig auftauchende Erinnerungen ein Symptom

Ich begann mich an Träume zu erinnern
Die ich vor Jahren immer wieder hatte
Korridore im Kindergarten
Dinge, so tief vergraben
Dass nur ein Erwachen in einem besonders inspirierten Zustand
Sie in meinem Gedächtnis zutage fördern konnte

Ich verbrachte einen Sommer in einer Hütte
Und backte dort einen Kuchen für den Vierten Juli
Und versuchte, ein Buch zu schreiben
Doch er war zu heiß, als ich die Glasur aufstrich
Und ich schaffte es nicht
Tausende von Wörtern zu schreiben

Doch da war ich
Die vielen kleinen Anteile von mir
All das, wozu ich werden würde
All das, was ich dennoch lieben würde

Sie würden wachsen, sich entwickeln und werden
Im Kern spross mein ganzes Leben bereits aus dem Samen in mir
Ich verbrachte die Jahre damit, sie fassen zu wollen
Doch alles, was ich zu tun hatte, war, sie zu gießen und ins Licht zu stellen
Was bereits in mir war
Würde unweigerlich wachsen
Meine Aufgabe war nicht, es anzupflanzen
Sondern dafür zu sorgen, dass es mir gut genug ging, damit der Samen aufging

Three things are certain:
We are born
We die
We grow

Bodies mature, age, shed layers
Build new cells
You're creating CO_2 as you breathe
You're creating thoughts as you read this
The universe is expanding by the second
Oceans are chipping away at shorelines
Cities are ascending and expanding
And so are we
Growth is our homeostasis
And everything is done for its purpose

Drei Dinge sind sicher:
Wir werden geboren
Wir sterben
Wir wachsen

Der Körper reift, altert, häutet sich
Bildet neue Zellen
Du erzeugst CO_2 mit deinem Atem
Du erzeugst Gedanken, während du dies liest
Das Universum dehnt sich mit jeder Sekunde weiter aus
Ozeane nagen an den Küsten
Städte steigen auf und werden größer
Genau wie wir
Wachstum ist unsere Homöostase
Und alles geschieht zu seinem Zweck

Your nature is not stasis
It is movement
The Earth does not look at itself and say,
»I am perfect, I am done,«
Nature's objective is not to complete
But to re-become
Again, and again

Deine Natur ist nicht Stillstand
Sondern Bewegung
Die Erde blickt nicht auf sich selbst und sagt:
»Ich bin perfekt, ich bin fertig«
Das Ziel der Natur ist nicht Vollendung
Sondern Neu-Werdung
Immer und immer wieder

The tools of creation are not always a 1,000-mile walk, or despair and divorce and drugs and eccentricities and nomadic journeys that you reference to make metaphors and draw patterns and existential points about the ins and outs of things. Sometimes they are routine, and simplicity, and cleanliness. An easy life is not a boring life; it is a life unshackled. It is a life freed. You do not need to generate chaos to make something of yourself. Maybe your path is not to run to the horizon, but to take everything you think you need to throw out, and sweat until it's made beautiful.

Die Instrumente der Schöpfung sind nicht immer eine Tour von 1000 Meilen, oder Verzweiflung, Scheidung, Drogen, Überspanntheit oder nomadische Reisen, auf die du zurückgreifen kannst, um Metaphern zu bilden und aus ihnen Muster oder grundlegende Weisheiten über die Dinge im Einzelnen abzuleiten. Manchmal bestehen sie aus Alltäglichkeiten, Einfachheit und Reinheit. Ein einfaches Leben ist kein langweiliges Leben; es ist ein Leben ohne Erschütterungen. Es ist ein befreites Leben. Du brauchst nicht alles umzukrempeln, um etwas aus dir zu machen. Vielleicht besteht dein Weg nicht darin, bis zum Horizont zu laufen, sondern alles zu nehmen, von dem du denkst, dass du es aus dir herausbringen solltest, und so lange hart daran zu arbeiten, bis es zu etwas Schönem geworden ist.

What are you going to do
When you finally move on
When this last thing that needs to be fixed is fixed
And the worry subsides
And the problem is over
Like the dozens that preceded it
What will you do next?
That's what you should be doing now

Was wirst du tun
Wenn du schließlich weiterziehst
Wenn diese letzte Sache, die in Ordnung gebracht
werden musste, wieder in Ordnung ist
Und die Sorge nachlässt
Und das Problem gelöst ist
Was wirst du als Nächstes tun?
Genau das solltest du tun, und zwar jetzt

How do you use your pain?
The answer to that question is your path.

Wie nutzt du deinen Schmerz?
Die Antwort auf diese Frage ist dein Weg.

We do not need to be more
More good, more special, more, more –
We only need to know that our lives are insignificant
And millions have died, carelessly, and unremembered
And the world owes us nothing
And in a few generations, we will, maybe, be reduced
To a name mentioned now and again
When our children's children speak of their ancestors

And as we carry on, anxious about proving our significance
The Earth's seasons swell with the scent of springtime
And waves buckle and crash and rescind to where they came
And animals cuddle with their mothers under the trees
And miles of dark forests retain their enigmatic mystery
And the specks of white fire in the sky burn on

As the lives and stories and emotions
Of the millions before us
Have dissolved with the day
We, too, will forget these hours
We, too, will recall moments
And this one, like the many thousands prior
Will probably be forgotten
Just like us
Just like all of it

We are nothingness
Bearing witness to magnificence
And that is our freedom

Wir brauchen nicht »mehr« zu sein
Besser, herausragender, mehr, mehr …
Wir brauchen nur zu wissen, dass unser Leben nicht bedeutend ist
Und Millionen gestorben sind, unbeachtet, und ohne dass man sich an sie erinnert
Und die Welt uns nichts schuldet
Und wir, vielleicht, nach ein paar Generationen, auf einen Namen reduziert sein werden, der ab und an erwähnt wird
Wenn die Kinder unserer Kinder über ihre Vorfahren sprechen

Und während wir weitermachen, darum bemüht, unsere Bedeutung zu beweisen
Schwellen die Jahreszeiten der Erde mit dem Duft des Frühlings an
Und Wellen türmen sich auf, brechen sich und ziehen sich dorthin zurück, woher sie kamen
Und Tiere kauern mit ihren Müttern unter den Bäumen
Und ausgedehnte dunkle Wälder bewahren ihre tiefen Geheimnisse
Und die kleinen Punkte eines weißen Feuers am Himmel brennen weiter

Wie das Leben, die Geschichten und die Emotionen
Der Millionen vor uns
Sich mit dem Tag verflüchtigt haben
Werden auch wir diese Stunden vergessen
Werden auch wir uns an Momente erinnern
Und dieser hier wird
Wie viele Tausende davor
Wahrscheinlich vergessen werden
Genau wie wir
Genau wie alles davor

Wir sind das Nichts
Bezeugen die ganze Pracht
Und das ist unsere Freiheit

You are not waiting for a time when it is easier
You are becoming better at being content

Du wartest nicht auf eine Zeit, in der es einfacher ist
Du wirst besser darin, zufrieden zu sein

Your mind is fire
It can heat your house
Or burn it to the ground

Dein Geist ist Feuer
Er kann dein Haus erwärmen
Oder es niederbrennen

I don't buy much anymore
I used to walk in circles
Around department stores
And the curved edges of
Barstools
Searching
But it's all seemed to dissolve
Into a more filling hunger
One that reaches
For the familiar black cotton dress
And the food that's been sitting in the pantry
Because I've stopped preparing for someday
Stopped wandering endless circles
Trying to fill my empty spaces
With things

Ich kaufe nicht mehr viel
Ich habe früher meine Kreise
Durch die Kaufhäuser gedreht
Und um die gerundeten Ecken von
Barhockern
Auf der Suche
Doch das alles hat sich offenbar aufgelöst
In einen Hunger, der nach etwas Substanziellerem verlangt
Einen, der sich
Nach dem vertrauten schwarzen Baumwollkleid sehnt
Und dem Essen, das schon in der Küche wartet
Denn ich habe aufgehört, mich für einen unbestimmten Tag zu rüsten
Aufgehört, endlose Kreise zu drehen
Und meine leeren Räume
Mit Dingen zu füllen

All of this, and what I'd come to find
Is that healing was really just changing
How I did the most ordinary things

All das, und was ich schließlich herausgefunden habe
Bedeutet, dass Heilung tatsächlich darin lag, zu verändern
Wie ich die gewöhnlichsten Dinge tat

But this is what happens when survival is a given
And status becomes our new obsession
We conflate our needs and wants
No wonder we are all so anxious
Imagine believing you need so much to get by

Doch das passiert, wenn das Überleben gesichert ist
Und unser Status zu unserer neuen Obsession wird
Wir vermengen unsere Bedürfnisse mit unseren Wünschen
Kein Wunder, dass wir alle von Angst getrieben sind
Stell dir nur vor zu denken, man bräuchte so vieles,
um zurechtzukommen

It is not the unknown
But the past you are projecting
Into it

Usually the fate you fear most
Is the one you're imposing on yourself now

You're not afraid that it will happen
You're afraid you'll never get out

Es ist nicht das Unbekannte
Sondern die Vergangenheit, die du
Hineinprojizierst

Oft ist das Schicksal, das du am meisten fürchtest
Genau das, was du dir jetzt selber auferlegst

Du hast keine Angst, dass es geschehen wird
Du hast Angst, ihm niemals zu entkommen

The only ambition I have left
Is to be at peace each day
Anything that doesn't facilitate that
Is just noise

Der einzige Ehrgeiz, den ich noch habe
Besteht darin, jeden Tag in Frieden zu sein
Alles, was nicht dazu beiträgt
Ist einfach nur lästig

I am awed at the way
My heart swells when I hear the songs
I listened to at my darkest, seediest times
As though something so irrefutably beautiful
Was being planted
I just didn't know it at the time

Ich bin tief beeindruckt davon
Wie mir das Herz aufgeht, wenn ich die Lieder höre
Die ich zu meinen dunkelsten, elendsten Zeiten gehört habe
Als wäre da der Samen zu etwas
Unantastbar Schönem
Gepflanzt worden
Ich habe es nur damals nicht gewusst

Happiness, I know now
Is just clean white sheets
And hot black coffee
And hope
And hope

Glück, das weiß ich jetzt
Heißt einfach, saubere weiße Laken
Und heißer schwarzer Kaffee
Und Hoffnung
Und Hoffnung

It is not creating yourself
It is allowing yourself
Every ounce of potential
Is already inside of you

You cannot become
Anything you already aren't
And you don't long for anything
That isn't already part of you

Every dream
Every thing
You've ever wanted
Is dormant

Sometimes it is pain
And sometimes it is light
That brings it forward

Es geht nicht darum, dich zu erschaffen
Es geht darum, dich zuzulassen
Jedes kleinste Potenzial
Ist bereits in dir

Du kannst nichts werden
Was du nicht bereits bist
Und du sehnst dich nach nichts
Was nicht bereits ein Teil von dir ist

Jeder Traum
Und alles
Was du dir je gewünscht hast
Schläft in dir

Manchmal ist es Schmerz
Und manchmal ist es Licht
Was es hervorbringt

I have burned my life down
To the only things that matter
Writing every day
Sleeping and sweating

Ich habe mein Leben heruntergebrochen
Auf das Einzige, was zählt
Jeden Tag schreiben
Schlafen und schwitzen

If on my last day
I were to greet
The person I could have become
I hope I am happy to be who I am
And I hope that I love her anyway

Wenn ich an meinem letzten Tag
Auf die Person treffen würde
Zu der ich hätte werden können
Hoffe ich, glücklich zu sein über die, die ich bin
Und hoffe, dass ich sie trotzdem liebe

The way your conscious mind
Is a tiny fraction
Of the knowledge your body holds

The world you see
Is a thin veil
In front of a whole universe

Like how the bacteria in your gut
Responds to the knowledge you can't remember

When gusts of wind make you nostalgic
And synchronicity seems intentional
And you're awed by the familiar scent of spring
And grace guides you

The whole universe
Is reminding you
Of what, somewhere,
You already know

Wie dein bewusster Verstand
Nur ein winziger Bruchteil
Des Wissens ist, das deinem Körper innewohnt

So ist die Welt, die du siehst
Ein dünner Schleier
vor einem ganzen Universum

Wie die Bakterien in deinem Darm
Auf das Wissen reagieren, an das du keine Erinnerung hast

Wenn Windstöße dich in die Vergangenheit tragen
Und Synchronizität wie eine Absicht erscheint
Und du von dem vertrauten Geruch des Frühlings betört bist
Und Schönheit dich leitet

Das ganze Universum
Erinnert dich
An das, was du, irgendwoher,
Bereits kennst

I stand outside the wide painted cabin wicks
And I am in the belly of god
Maybe that's what divinity is –
The scent of the forest, or springtime when it rains
The things that man cannot manufacture
That evoke the most guttural response in me
As though there's something in my cells
That recognizes their home

Ich stehe außerhalb der weiten, bunten Hüttenlandschaft
Und ich bin im Bauch Gottes
Vielleicht ist das Heilige das –
Der Duft des Waldes oder der Frühling bei Regen
Das, was der Mensch nicht selbst herstellen kann
Was in mir ganz tief eine kehlige Resonanz erzeugt
Als wäre da etwas in meinen Zellen
Was sein Zuhause erkennt

When you're feeling most helpless
It's comforting to ask for grace
But praying for it
Makes you believe it's something outside of you
Something you're waiting to be given

When you're feeling most helpless
You forget to wonder
What it does for someone else
To convince you
That your power can be redeemed
If only you follow their rules

Wenn du dich völlig hilflos fühlst
Ist es tröstend, um Beistand zu bitten
Aber dafür zu beten
Lässt dich in dem Glauben, er fände sich außerhalb von dir
Und du müsstest darauf warten, dass er dir geschenkt wird

Wenn du dich völlig hilflos fühlst
Vergisst du, dich zu fragen
Was andere davon haben
Dich zu überzeugen
Dass du deine Kraft zurückerlangen kannst
Wenn du nur ihren Regeln folgst

This
is
just
a hologram

Your ego
is your avatar

Your mind is
your control panel

Dies
ist
nur
ein Hologramm

Dein Ego
Ist dein Avatar

Dein Kopf ist
Deine Schaltzentrale

The trick is not letting your ego believe
That one impermanent emotion
Can shield you from its opposite

That trickling anxiety thoughts
Throughout the day
Will vaccinate you from a panic attack

Allowing your darkness
Makes it as beautiful as your light

Der Trick besteht darin, dein Ego nicht glauben zu lassen
Dass eine vorübergehende Emotion
Dich vor ihrem Gegenteil bewahren kann

Dass stetig verabreichte Angstgedanken
den ganzen Tag über
Dich gegen eine Panikattacke impfen

Deine Dunkelheit zuzulassen
Macht sie genauso schön wie dein Licht

We need sages and scientists to expand the human mind
And we need to intersect grace and reason

Wir brauchen weise Menschen genauso wie Wissenschaftler,
um den menschlichen Geist zu erweitern
Und wir müssen Intuition und Vernunft miteinander verbinden

How do you know that we all see the same colors
And don't just call them different thing
There is nothing as mysterious as another person's mind

Wie kannst du wissen, dass wir alle dieselben Farben sehen
Und sie nicht unterschiedlich benennen
Nichts ist so rätselhaft wie das Denken eines anderen Menschen

Is it a problem
Or is it a distraction

Does it hold you back
Or do you use it to shield yourself
From what you actually fear?

Ist es ein Problem
Oder ist es eine Ablenkung

Hält es dich zurück
Oder benutzt du es, um dich vor dem zu schützen
Wovor du eigentlich Angst hast?

I've read that the breath is the mind's remote control
Which is why they tell you do it deeply when you need to relax
And vigorously when you're giving birth
And with power when you swing a punch
It is not a coincidence that you disrupt it when you're scared
And hold it when you're anxious
And just notice it when you meditate – not force it
Just realize that all of this power exists

Ich habe gelesen, dass der Atem die Fernsteuerung des Geistes ist
Deshalb heißt es, dass du tief atmen sollst, wenn du dich entspannen willst
Und heftig, wenn du ein Kind zur Welt bringst
Und kraftvoll, wenn du die Faust schwingst
Es ist kein Zufall, dass du unregelmäßig atmest, wenn du Angst hast
Und den Atem anhältst, wenn du angespannt bist
Und ihn einfach nur wahrnimmst, wenn du meditierst –
ihn nicht erzwingst
Mach dir einfach bewusst, dass es all diese Kräfte gibt

Healing is not fixing
It is just the process of remembering
That everything was always okay

Heilung ist keine Reparatur
Sie ist lediglich der Prozess des Erinnerns
Dass alles schon immer in Ordnung war

Evolution is divinity at work
We are nature made aware of itself
Science is the most spiritual pursuit
To learn the patchwork of existence
Is to understand ourselves

Die Evolution ist ein spiritueller Prozess
Wir sind Natur mit einem Bewusstsein von sich selbst
Wissenschaft ist eine hochspirituelle Angelegenheit
Das Zusammenspiel des Lebens zu begreifen
Heißt, uns selbst zu verstehen

Your soul mate is the person
Who helps you build a home
Not the one who instantly feels like home

For home can be confused with comfort
And comfort is what we're used to
Which is why so many people
Assume forevers in the wrong arms

And confuse feeling for fate
Familiarity for family
Desire for love

Dein Seelenpartner ist der Mensch
Der dir hilft, ein Heim zu schaffen
Nicht der, mit dem es sich sofort wie zu Hause anfühlt

Denn ein Zuhause lässt sich mit Bequemlichkeit verwechseln
Und Bequemlichkeit ist das, woran wir gewöhnt sind
Darum wähnen so viele Menschen
Das Für-immer-und-ewig in den falschen Armen

Und verwechseln Gefühle mit Schicksal
Vertrautheit mit Verbundenheit
Begehren mit Liebe

Pain is often a signal that you have ceased creating in your life
Something is dying and you're not putting anything in its place
A signal that you're not paying attention
A signal that there's something you need to do
Like a hand on a hot stove
You are keeping yourself in danger
There is safety you are not moving to

Schmerz ist oft ein Zeichen, dass du aufgehört hast,
in deinem Leben zu wirken
Etwas stirbt und du setzt nichts an seine Stelle
Ein Zeichen, dass du nicht aufmerksam bist
Ein Zeichen, dass du etwas tun musst
Wie eine Hand auf einer heißen Herdplatte
Verweilst du in Gefahr
Es gibt Sicherheit, auf die du dich nicht zubewegst

We are taught
To fall in love with the time
That our lives leave us
In solitude

But what happens when
We become too good at aloneness
And too comfortable that we forget
We need other people?

Because the axing of vulnerability
Can dissolve the lingering pangs of loneliness
And being in control can begin to feel romantic
And we should love ourselves first, of course

But we were built in separation
To rekindle in togetherness
And we mustn't forget
That solitude prepares us for this
It is not our final destination

Man bringt uns bei
Uns in die Zeiten zu verlieben
Die uns das Leben in Einsamkeit
Schenkt

Doch was passiert, wenn
Wir zu gut darin werden, allein zu sein
Und zu bequem, sodass wir vergessen
Dass wir andere Menschen brauchen?

Denn die Beseitigung der Verletzbarkeit
Kann den anhaltenden Schmerz der Einsamkeit auflösen
Und Kontrolle zu haben kann sich allmählich romantisch anfühlen
Und wir sollten uns, natürlich, zu allererst selbst lieben

Doch sind wir durch Trennung entstanden
Um zu Verbundenheit zurückzufinden
Und wir dürfen nicht vergessen
Dass Einsamkeit uns dorthin führen soll
Sie ist nicht das eigentliche Ziel

I once read that lonely people
Take hot baths more often
That it's like being connected to the womb

We need other people –
Which is perhaps the scariest
And most beautiful part of being alive

Sometimes we think money
Or work or beauty or accomplishment
Can do the job just as well

But human love is not of this world
So nothing in it can replace it

Ich habe mal gelesen, dass einsame Menschen
Häufiger ein heißes Bad nehmen
Dass sich das anfühlt wie eine Verbindung zum Mutterleib

Wir brauchen andere Menschen –
was vielleicht den angsteinflößendsten
und schönsten Teil des Lebendigseins ausmacht

Manchmal glauben wir, Geld
Arbeit, Schönheit oder Leistung
Können diesen Part übernehmen

Doch menschliche Liebe ist nicht von dieser Welt
Deshalb kann nichts darin ihren Platz einnehmen

The strange burden of being an intuitive
In a world that's still asleep

Is that to be so sensitive that you can perceive what's wrong
Makes you feel like everything is yours to fix

Die seltsame Last eines sensitiven Menschen
In einer Welt, die noch schläft

Ist die, dass wahrzunehmen, was nicht stimmt
Dir das Gefühl gibt, es sei an dir, alles in Ordnung zu bringen

What if you pretended
You were a character of your own design
And you were your own god
And you could hand yourself mercy
And you could change things yourself?
Who would you be?
And what would you do?

Was, wenn du so tun würdest,
Als seist du eine Figur deiner eigenen Schöpfung
Und als wärst du dein eigener Gott
Und könntest mit dir selbst gnädig sein
Und könntest die Dinge selbst ändern?
Wer würdest du sein?
Und was würdest du tun?

The strange burden of worrying
Is that you assume when you stop
All your worst fears will come true
As though premeditating horrors prevents them
As though living in stress and pain makes you better
able to respond
As though you can beat fear to the finish line

Die seltsame Last des Sich-Sorgens
Liegt in der Annahme, dass, würdest du damit aufhören
All deine schlimmsten Befürchtungen wahr würden
Als ob die Beschäftigung mit möglichen Schrecken sie verhindert
Als ob ein Leben in Stress und Leid dich in die Lage versetzt,
besser zu reagieren
Als ob du der Angst damit zuvorkommen könntest

Nothing in the universe is broken without reason
Nature doesn't work that way
Stars collapse and become supernovas
Seasons cycle to purge and renew
Your life will not break you without purpose
If you are opening to your rebirth
This is the crucifixion before you resurrect

Nichts im Universum wird ohne Grund zerstört
Die Natur verhält sich nicht so
Sterne zerfallen und werden zu Supernovae
Jahreszeiten wechseln immer wieder, um sich zu reinigen
und zu erneuern
Dein Leben bricht dich nicht ohne Sinn
Wenn du dich für deine Neugeburt öffnest
Ist das die Kreuzigung, bevor du wieder auferstehst

In churches
They make you pray for forgiveness
Mercy
Strength

As though someone outside of you has them
As though god is someone you must beg
As though god is someone who wants to be worshipped

I don't trust a god
Who needs to be worshipped to grant salvation

That sounds a lot like
The kind of boyfriends my mom warned me about

I don't trust a god
Who makes you pray for courage
Because the things you're begging him for
Are already inside you

It makes you wonder:
Who wants to convince you they aren't?

In der Kirche
Sollst du um Vergebung bitten
Gnade
Kraft

Als besäße jemand außerhalb von dir all das
Als wäre Gott jemand, der angebettelt werden muss
Als wäre Gott jemand, der angebetet werden möchte

Ich habe kein Vertrauen in einen Gott
Der verehrt werden muss, damit er Erlösung gewährt

Das klingt ganz nach der Sorte Freunde
Vor denen mich meine Mutter gewarnt hat

Ich habe kein Vertrauen in einen Gott
Der will, dass du betest, um Mut zu erlangen
Denn das, worum du ihn bittest
Ist bereits in dir

Das wirft die Frage auf:
Wer möchte dir einreden, dass es nicht so wäre?

The scientists say
You can speak to your cells
That your DNA doesn't unfold
It is controlled
And that it is listening
Even when you don't realize
Life is not happening to you
It is unfolding from you

Die Wissenschaftler sagen
Du kannst mit deinen Zellen sprechen
Dass deine DNA sich nicht einfach so entfaltet
Sie wird gesteuert
Und dass sie zuhört
Selbst wenn du es nicht bemerkst
Das Leben widerfährt dir nicht
Es entfaltet sich aus dir heraus

You are not improving your self
You are adjusting your world
To fit your self
You are getting used to being here

Du verbesserst dein Selbst nicht
Du arrangierst deine Welt
Damit sie zu dir passt
Du gewöhnst dich langsam daran, hier zu sein

I used to think heaven was
When I reverted back to perfect

And now I hope
It is swinging in a field

Staring at my chubby toes
And feeling the roll of my stomach
And letting knotted, grown-out roots
lie by my sides
And a coffee stain reside
On the front of my dress

And it all being okay
And it all being beautiful

Ich glaubte früher, es wäre der Himmel
Wenn ich an Perfektion dachte

Und nun hoffe ich
Sie schwingt in einem Feld

Ich starre auf meine knubbeligen Zehen
Und fühle den Wulst um meinen Bauch
Und lasse knorrige, aus der Erde gewachsene
Wurzeln neben mir liegen
Und einen Kaffeefleck verweilen
Vorne auf meinem Kleid

Und das alles ist okay
Und das alles ist gut

The opposite of love is not loss
It is obsession
We have a terrible time letting go
Of the things that make us feel

Das Gegenteil von Liebe ist nicht Verlust
Es ist Besessenheit
Es fällt uns entsetzlich schwer, das loszulassen
was uns fühlen lässt

Pain is leftover impact
Reverberating between your molecules

Unless you let it echo back out to where it came
It will boomerang between your cells

Making you believe it's part of you
Making you believe it's part of now

Schmerz ist ein Rest-Impuls
Der zwischen deinen Molekülen nachhallt

Wenn du sein Echo nicht dorthin herauslenkst
Woher er gekommen ist
Springt er ständig zwischen deinen Zellen hin und her

Und lässt dich glauben, er sei ein Teil von dir
Und lässt dich glauben, er sei ein Teil des Jetzt

Peace rests in
Beams of light across the foot of my bed
in the afternoon
The illuminating of whatever is
Plans of what's possible
Maps of what's doable
Knowing that everything is figure-out-able –

The real love of a few
The kind of confidence that feels no need
To convince others of greatness

Simplicity
And all the beautiful messes
That scatter around the cleanliness

Because the order is not the meaning
It is the routinizing of survival
That parts the sea to thrive

Frieden wohnt in
Lichtstrahlen nachmittags am Fuße meines Bettes
Dem Beleuchten von allem, was ist
Plänen von dem, was möglich ist
Entwürfen zu dem, was machbar ist
Im Wissen, dass es für alles eine Lösung gibt

Der echten Liebe einiger weniger Menschen
Der Art von Vertrauen, das ohne das Bedürfnis ist,
Andere von Großartigkeit zu überzeugen

Einfachheit
Und all dem herrlichen Chaos
Das sich um Sauberkeit und Ordnung herum ausbreitet

Denn in der Ordnung liegt nicht der Sinn
Es ist die tägliche Praxis des Überlebens
Die das Meer teilt und zum Erfolg führt

I am pretty sure
The spotlight complex is a real epidemic
And I wonder
Why we never google self-awareness
Because I can tell you
That my stressors are almost always not what's happening
But what I assume other people
Will assume of what's happening
And I can tell you
That if I didn't think I was being watched –
documented, daily
I would dress for the weather
And eat without guilt
And spend more afternoons
Marveling at the sky
Because things have become more about building a digital legacy
to outlast us
Than they are about building an existence for us, now
As though a constellation of pixels could recreate the sensation
Of staring at the sky and feeling lightness course through you
As though what we make other people feel
Is the same as what we do

Ich bin mir ziemlich sicher
Die Sucht nach Aufmerksamkeit ist eine regelrechte Epidemie
Und ich frage mich
Warum wir nie nach Selbstwahrnehmung googeln
Denn ich kann dir sagen
Dass mich meistens nicht das stresst, was passiert
Sondern das, was andere Menschen meiner Meinung nach
Darüber denken
Und ich kann dir sagen
Wenn ich mich nicht beobachtet fühlen würde –
Registriert, jeden Tag
Würde ich mich dem Wetter entsprechend anziehen
Und ohne Schuldgefühle essen
Und mehr Nachmittage damit verbringen
Den Himmel zu bestaunen
Denn inzwischen geht es mehr darum, ein digitales
Vermächtnis zu erschaffen, das uns überdauert
Als darum, uns eine Existenz zu erschaffen, jetzt
Als ob eine bestimmte Anordnung von Pixeln das Gefühl
wiedergeben könnte
In den Himmel zu schauen und zu fühlen, wie das Licht
durch dich hindurchströmt
Als wäre das, was wir anderen Menschen vermitteln
Identisch mit dem, was wir fühlen

I'd like to spend my time here
Playing with the stream of creation
That trickles out my fingers each day
The ideas that have come through
For days, for months, for years
Span beyond my finite mind
And I'd like to feel so humbled
When I consider the centuries of people who have lived in these houses
And cooked on these stoves
And walked these streets to home
And how four walls create a world in itself
And how what's fated and what's manifested interweave

Ich würde meine Zeit hier gerne damit zubringen
Mit dem kreativen Strom zu spielen
Der jeden Tag aus meinen Fingern fließt
Die Ideen, die entstanden sind
Seit Tagen, seit Monaten, seit Jahren
Erstrecken sich über meinen begrenzten Verstand hinaus
Und ich würde gerne Demut fühlen
Wenn ich an die Menschen denke
Die seit Jahrhunderten in diesen Häusern leben
Und auf diesen Öfen gekocht haben
Und diese Straßen entlang nach Hause gegangen sind
Und daran, wie vier Wände eine eigene Welt erschaffen
Und wie das, was uns bestimmt ist, mit dem zusammenwirkt, was sich bereits manifestiert hat

I am whatever I tell myself I am

My thoughts about myself are entropic
Without being stopped
Their energy circles, carries on
It keeps informing me
Of things that are no longer true

What a liberation
To realize this was the case
All along

Ich bin, was immer ich sein will

Meine Gedanken über mich sind entropisch
Sie werden nicht gestoppt
Ihre Energie bewegt sich in Kreisen, immer weiter
Und lässt mich wissen, was nicht länger stimmt

Was für eine Befreiung
Zu erkennen, dass dies schon
Die ganze Zeit so war

The easier it is to lose
The harder it is to love

Je einfacher es zu verlieren ist
Desto schwieriger ist es zu lieben

I quieted my life
Until the only thing I could hear
Was the sound that blood makes in your body
When you're still enough and listen
And the tapping of rain on the windowsill
And the simmer of sage leaves as they coil
The familiar clicking of a keyboard
And the steeliness of a frigid afternoon
Each of these an encryption
Reminding me what matters
Telling me where to go

Ich habe Stille in mein Leben gebracht
Bis ich nur noch das Geräusch hören konnte
Das mein Blut im Körper macht
Wenn du ganz leise bist und hinhörst
Und das Klopfen des Regens auf dem Fensterbrett
Und das Geräusch der Salbeiblätter, die sich beim
Köcheln zusammenrollen
Das vertraute Klicken einer Tastatur
Und die stählerne Schärfe eines frostigen Nachmittags
All dies eine Form der Verschlüsselung
Die mich daran erinnert, was von Bedeutung ist
Mir sagt, wohin mein Weg führt

Anything you can’t get over
Is at its root a subtle addiction
A compulsion so quiet
It tricks you into thinking
You want it or you need it

It makes you think it’s part of you
»I’m anxious,« you say
»I am an anxious person«

That’s what they say about abusive things –
Victims are first just people convinced
That they want the thing that breaks them

Alles, worüber du nicht hinwegkommst
Ist im Kern eine versteckte Sucht
Ein innerer Zwang, so leise
Dass er dich dazu bringt, zu denken
Du willst es oder brauchst es

Er lässt dich denken, er sei ein Teil von dir
»Ich bin unruhig«, sagst du
»Ich bin ein hibbeliger Mensch«

Genau das sagt man über alles, was abhängig macht
Die Opfer sind zunächst einmal nur Menschen,
die überzeugt sind
Das zu brauchen, was sie zerbricht

I am starting to think
That love has a half-life
Energy, after all, is a physical thing
It is not over when they leave
It ends when you
Burn, cry, write, sweat it out
Until what you shared is
Made manifest
You cannot throw it away

Ich beginne zu glauben
Dass Liebe eine Halbwertzeit hat
Energie ist jedoch etwas Physisches
Sie ist nicht verschwunden, wenn jemand geht
Sie wirkt nicht mehr, wenn du
Brennst, weinst, schreibst, sie ausschwitzt
Bis das, was ihr gemeinsam hattet
Erkennbar wird
Du kannst es nicht wegwerfen

A miracle
Is not a rare intervention
It is a restoration of perception
It's not awe-inducing
It's commonplace
The only problem is
When you think it's not

Ein Wunder
Ist kein seltenes Ereignis
Sondern das Zurückfinden zur Wahrnehmung
Es ist nicht Ehrfurcht einflößend
Es ist etwas ganz Normales
Das Problem besteht nur
Wenn du denkst, das sei es nicht

They say there are 100 billion neurons
In every human brain
Only 15 % are activated

That means there are more connections in your head
Than there are stars in the galaxy
Or people on Earth

There is a universe in your mind
A network of information to which
You rarely – if ever – access

Es heißt, es gebe 100 Milliarden Neuronen
In jedem menschlichen Gehirn
Und nur 15 % sind aktiviert

Das bedeutet, es gibt mehr Verbindungen in deinem Kopf
Als Sterne in der Galaxie
Oder Menschen auf der Erde

Es gibt ein Universum in deinem Kopf
Ein Netzwerk aus Informationen, zu denen
Du selten – wenn überhaupt – Zugang hast

When I first got sick
I let go of the little things
I thought I didn't have energy for

Routines, walking, eating three meals

There was only one thing to do
And it was survive
What I didn't realize
Was that the walking, the eating,
The washing, the routines
They were the healing

And letting them go
Was the breaking

Als ich zuerst krank wurde
Ließ ich die kleinen Dinge los
Für die ich keine Energie zu haben schien

Gewohnheiten, Spaziergänge, drei Mahlzeiten

Es gab nur eines, was ich tun musste
Und das war Überleben
Was ich nicht erkannte, war,
Dass das Laufen, das Essen
Das Waschen, die Gewohnheiten
Die Heilung waren

Und sie loszulassen
War der Zusammenbruch

Unclasp your hands
Nobody is coming to save you

And that is as it should be
Your whole life has been about finding
That you're meant to save yourself

Everything is just an avenue
To show you your own power

Falte die Hände wieder auseinander
Niemand kommt, um dich zu retten

Und genauso soll es auch sein
In deinem ganzen Leben geht es darum zu erkennen
Dass es deine Aufgabe ist, dich selbst zu retten

Alles ist lediglich eine Straße
Die dir den Weg zu deiner eigenen Kraft weist

No person is just one person
We all exist in versions and iterations
Layers that are revealed
As a thousand perfect storms
Grow you, and change you, and show you
To you

Niemand ist nur eine einzige Person
Wir alle existieren in verschiedenen Versionen und Zyklen
Schichten, die freigelegt werden
Wie tausend perfekte Stürme
Dich wachsen lassen, dich verändern und dich
Dir selbst zeigen

The study says
Most people given placebos
Respond to them the same
As those given antidepressants
With the small exception
Of those who are most sick

Which makes me wonder
Why we've all gotten it in our heads
That we must suffer in the worst ways
And that we are helpless
When just believing that we are being fixed
Fixes us

And it makes me wonder
When we'll realize that god
And marriage and love and success
Are all just little pills that soothe us

We can be healed by ideas
That reveal not only the power they hold
But the power we do

Die Studie besagt
Die meisten Menschen, die Placebos erhalten
Reagieren darauf
Genauso wie die Menschen, denen man Antidepressiva gibt
Mit der kleinen Ausnahme
Derer, die besonders schwer erkrankt sind

Das lässt mich fragen
Warum wir alle im Kopf haben
Dass wir auf die schrecklichste Weise leiden müssen
Und dass wir hilflos sind
Wenn allein der Glaube, wir seien geheilt
Uns heilt

Und es lässt mich fragen
Wann wir erkennen werden, dass Gott
Und die Ehe, die Liebe, der Erfolg
Dies alles die kleinen Pillen sind, die uns beruhigen

Wir können durch Vorstellungen geheilt werden
Die nicht nur die Kraft offenbaren, die in ihnen liegt
Sondern auch unsere eigene

The work of falling in love
Is not making two best selves gel
But in meeting all of someone's parts
And seeing whether or not
There's some fraction of yourself
That can understand them, too

Die Aufgabe, wenn man verliebt ist
Besteht nicht darin, zwei perfekte Selbst zu verschmelzen
Sondern darin, auf all die Anteile eines Menschen zu treffen
Und zu sehen, ob oder ob nicht
Es irgendetwas in dir gibt
Das auch sie verstehen kann

What would happen if we realized
The magic was in how the neurons fire
And that we could choose the direction they shoot?

Was würde passieren, wenn wir verstünden
Die Zauberkraft liegt darin, wie die Neuronen feuern
Und dass wir ihre Richtung bestimmen könnten?

I wish I didn't know
What I weighed or
What other people's lives were like
I would be so blissfully ordinary
If these measures didn't exist

Ich wünschte, ich wüsste nicht
Wie viel ich wiege oder
Wie das Leben anderer Menschen aussieht
Ich wäre so wundervoll normal
Wenn es diese Messlatten nicht gäbe

I do this to myself, I know
I let nice photos and résumé lines
Flowery ideas of how I think my life could be
Grow vines around the pain so thick
I can't even see through them

When I feel the heaviness come,
I say: Look at all these beautiful things
What have you to be sad about?
But the bones of the entire structure
Are just pain I've tried to hide

Ich tue mir das selbst an, ich weiß
Ich lasse nette Fotos und Zeilen aus meinem Lebenslauf
Meine blumigen Vorstellungen, wie mein Leben
sein könnte
Ich lasse ein so dichtes Gestrüpp um den Schmerz
herum wachsen
Dass ich nicht einmal mehr hindurchsehen kann

Wenn ich spüre, dass die Schwere kommt
Sage ich: Sieh dir all diese wunderschönen Dinge an
Worüber solltest du traurig sein?
Doch die Knochen dieses ganzen Gerüsts
Sind Schmerz, den ich zu verstecken suchte

I am afraid of the thing that I want most,
Which is to be free
And to be free isn't uncommitted
To a love, to a person, to a town, to a job

It is just to know that
I am capable of anything
And I am ready for everything

What potential pains could I inflict
If I exercised my full capacity
And if I didn't premeditate every horror?
I cannot bear for an outside hell
To be worse than my inside one

Ich habe Angst vor dem, was ich mir am meisten wünsche
Nämlich frei zu sein
Und frei zu sein heißt nicht ohne Verpflichtungen
Gegenüber einer Liebe, einem Menschen, einer Stadt
oder einem Job

Es heißt nur zu wissen
Dass ich fähig bin, alles zu tun
Und zu allem bereit bin

Welche Schmerzen könnte ich anderen möglicherweise
zufügen
Wenn ich meine vollen Fähigkeiten einsetzen würde
Und mir nicht über jedes Unheil im Voraus Gedanken
machen würde?
Ich kann es nicht ertragen, dass eine äußere Hölle
Schlimmer ist als meine innere

I hope you are always free enough
To become who you want to be
And you aren't stifled by the assumption
That you owe your younger self
A future that she would grow up
To discover she's outgrown

Ich hoffe, du wirst immer so viel Freiheit haben
Dass du werden kannst, wer du sein willst
Und du wirst nicht von der Vorstellung zurückgehalten
Dass du deinem jüngeren Selbst
Eine Zukunft schuldest, der es
Sich schon entwachsen fühlt
Sobald es hineinwächst

When I was in middle school
I learned to suck in my stomach
I did this to avoid looking thicker
And I kept doing it, wearing tightly bound clothes
Until my permanent state was just holding

I let it out recently
I am a being in constant, oscillating movement
How did I not see then?
That I was suffocating my potential
So other people wouldn't be bothered?

Als ich noch zur Schule ging
Lernte ich, meinen Bauch einzuziehen
Das tat ich, um dünner auszusehen
Und das machte ich immer weiter so und trug
eng geschnürte Kleidung
Bis mein Zustand nur noch darin bestand,
die Luft anzuhalten

Vor Kurzem atmete ich wieder aus
Ich bin ein Lebewesen in ständiger, rhythmischer
Bewegung
Wieso hatte ich das nicht gesehen?
Dass ich mein Potenzial erstickte
Damit andere sich nicht daran stoßen konnten?

Someone once told me
That there are poisons that taste like elixirs
And elixirs that taste like poisons

I hope that someday I'm not so naive to think
That one sip of a tonic will solve anything

I hope that someday I'm not compelled to take seriously
Things that claim to numb, or things that promise to fix

Jemand erzählte mir einmal
Dass es Gifte gibt, die wie Heilsäfte schmecken
Und Heilsäfte, die wie Gift schmecken

Ich hoffe, dass ich nicht eines Tages so naiv sein werde zu glauben
Dass ein Schluck eines Mittels alles lösen wird

Ich hoffe, dass ich nicht eines Tages gezwungen bin,
Dinge ernsthaft in Betracht zu ziehen
Die vorgeblich betäuben, oder Dinge, die versprechen, alles in Ordnung zu bringen

It was me!
It was me all along
I was the victim and I was the oppressor
My only disease was not seeing that
The disease is not seeing my power
I am the creator of my life
And I am what I create

Ich war es!
Ich war es die ganze Zeit
Ich war das Opfer und ich war die Täterin
Meine einzige Krankheit bestand darin, nicht zu sehen, dass
Die Krankheit darin besteht, meine Kraft nicht zu sehen
Ich bin die Schöpferin meines Lebens
Und ich bin das, was ich erschaffe

Who would you be if you weren't afraid of anything?

Wer wärest du, wenn du vor nichts Angst hättest?

You're not wrong because you aren't right for someone
You were mismatched
Not broken

Du bist nicht falsch, weil du nicht die richtige Person
für jemand anderen bist
Ihr habt nicht zueinander gepasst
Es ist nichts falsch an dir

I am leaving everything here today –
This, these words
This is my reckoning

Ich lasse heute alles so stehen
Das, diese Worte
Das ist meine Betrachtungsweise

You do not have to suffer
Your suffering doesn't make someone else's fair
Your suffering doesn't help
Suffering transforms you because it teaches you how not to suffer
Its purpose is to remove you from false illusion
Not to generate your worthiness for salvation

Du brauchst nicht zu leiden
Dein Leiden kann das Leiden anderer nicht ausgleichen
Dein Leiden hilft nicht
Leiden verändert dich, weil es dich lehrt, wie du nicht zu leiden brauchst
Sein Sinn besteht darin, dich von falschen Vorstellungen zu befreien
Nicht darin, dich der Erlösung als würdig zu erweisen

I am not sorry for the person I had
to become to heal myself from you

Es tut mir nicht leid für den Menschen, der ich
werden musste, um mich von dir zu heilen

Go to the middle of the forest
And stay there for a while
At first your anxiety will be louder
With nothing left to distract you
But it will let you hear clearly
What your fear voice sounds like
And the more you commune with it
The less it will be able to convince you
That it's who you really are

Geh in die Mitte des Waldes
Und bleib eine Weile dort
Zuerst wird deine Angst lauter werden
Wenn es keine Ablenkung gibt
Doch sie wird dir deutlich zeigen
Wie deine Angststimme klingt
Und je mehr du mit ihr sprichst
Desto weniger wird sie es schaffen, dich zu überzeugen
Dass sie das sei, was du tatsächlich bist

If you can't lose those extra pounds
And you can't get him to commit
And the job keeps not working out
Maybe it's that it's not supposed to
And maybe your internal ecosystem is trying to tell
you something
Maybe you're choosing the wrong person
Maybe you're in the wrong field
Maybe the »no's« are the answers you're asking for
Maybe these rejections are outlining the path

Wenn du die überschüssigen Pfunde nicht loswerden kannst
Und du ihn nicht dazu bringst, sich zu dir zu bekennen
Und der Job immer noch nicht gut läuft
Vielleicht soll es dann nicht so sein
Und vielleicht versucht dein inneres System, dir etwas mitzuteilen
Vielleicht hast du dir die falsche Person ausgesucht
Vielleicht bist du im falschen Beruf
Vielleicht sind die »Neins« die Antworten auf deine Fragen
Vielleicht weisen dir diese Ablehnungen den Weg

I am whole because I see that
Rivers and tree trunks run in the same lines as my veins
When I look at my wrist up close
And I look at the world from afar

Ich bin ganz, weil ich sehe, dass
Flüsse und Baumstämme in den gleichen Linien verlaufen
wie meine Adern
Wenn ich mir mein Handgelenk ganz aus der Nähe ansehe
Und die Welt aus der Ferne

Everybody in your life is an assignment
And the project is not to fix them,
It's to change you

Jeder Mensch in deinem Leben ist eine Aufgabe
Und das Projekt ist nicht, ihn zurechtzubiegen
Sondern dich zu verändern

Be still
To meditate is not to stagnate
It is to step out of your own way
And let the constant stream of movement
Power through your being
It is to witness that this has been happening
The entire time

Sei ganz ruhig
Meditation heißt nicht, stehen zu bleiben
Sondern dir selbst nicht mehr im Weg zu stehen
Und den ständigen Bewegungsstrom
kraftvoll durch dein Sein treiben zu lassen
Es heißt zu bezeugen, dass dies passiert
Schon die ganze Zeit

Let your life push you past the point of recovery
That is where we begin

Lass zu, dass dich dein Leben über deine
Belastungsgrenze hinausschiebt
Dort fangen wir an

Half the work of getting over anything
Is shining a light in the closet
And realizing there aren't any monsters inside

Wenn du über etwas hinwegkommen willst,
besteht die Hälfte der Arbeit darin
Im Schrank das Licht anzumachen
und festzustellen, dass darin keine Monster sind

But what of the parts of you that aren't »I?«
Imagine laying all your organs on a table
You'd point to every one of them and say,
»My heart, my lungs, my eyes, my bones«
These are all the parts of you that aren't »I«
These are all the pieces of a form that belong to you

So when you feel too trapped in your body
Too weighed by potential harms
Start pointing to all that parts of you that aren't »I«
And remember that »I« is not in any of them
Because »I« is not of this Earth
And these earthly pains cannot touch »I«,
Even if they sever and disintegrate its parts

Doch was ist mit deinen Teilen, die nicht »Ich« sind?
Stell dir vor, all deine Organe auf einen Tisch zu legen
Auf jedes von ihnen zu zeigen und zu sagen:
»Mein Herz, meine Lunge, meine Augen, meine Knochen«
Das sind all die Teile von dir, die nicht »Ich« sind
Das sind all die Teile eines Organismus, die zu dir gehören

Wenn du dich also in deinem Körper zu sehr gefangen fühlst
Zu schwer belastet von möglichem Leid
Fang einmal damit an, auf alle Teile zu zeigen, die nicht »Ich« sind
Und denk daran, dass das »Ich« in keinem von ihnen steckt
Denn das »Ich« ist nicht von dieser Erde
Und diese erdgebundenen Schmerzen können das »Ich« nicht berühren
Selbst wenn sie schlimmer werden und seine Teile auseinanderfallen

Over time, your body becomes your cage
Every time you confront pain, your fascia tightens
It makes it harder for you to repeat your actions
This is to keep you safe
But what happens when you've moved in every direction
And have been stung at every end?
This is when the cage becomes so restrictive
That just your breath starts cracking it
And that is the pain of awakening
You attribute it to something outside of you
But it's you breaking out of the comfort binds
That you think will save your life
They are the ones keeping you from life
In the first place

Mit der Zeit wird dein Körper zu deinem Käfig
Jedes Mal, wenn du mit einem Schmerz konfrontiert bist, ziehen sich deine Faszien zusammen
Das macht es schwieriger für dich, deine Handlungen zu wiederholen
Das geschieht, um dich zu schützen
Doch was passiert, wenn du dich in alle Richtungen bewegt hast
Und an jedem Ende einen Schlag bekommen hast?
Dann wird dieser Käfig so beengend
Dass nur dein Atem ihn noch sprengen kann
Und das ist der Schmerz des Erwachens
Du schreibst ihn etwas außerhalb von dir zu
Doch du bist es, die aus den schützenden Grenzen ausbricht
Von denen du glaubst, dass sie dein Leben sichern
Gerade sie halten dich vom Leben ab
Vor allem anderen

It's not that love won't save your life
It's that it can't
Love is a beautiful and important thing
But it cannot undo your chronic worrying
And it cannot forgive your past
It cannot decide who you should become
And it cannot push you to become it

Es ist nicht so, dass Liebe nicht dein Leben retten wollte
Nur kann sie es nicht
Liebe ist etwas Wunderbares und Wichtiges
Doch sie kann dir nicht deine chronischen Sorgen nehmen
Und sie kann deine Vergangenheit nicht vergeben
Sie kann nicht entscheiden, wer du werden solltest
Und sie kann dich nicht dazu bewegen, es zu werden

My inspiration doesn't come from just sitting back and waiting
It comes from deliberately sorting through things,
from creating other things
There's an engagement that life requires from us all
A presence that we can't fake or procrastinate into the void

Meine Inspiration kommt nicht einfach vom Zurücklehnen
und Warten
Sie kommt daher, dass ich mir manches ganz bewusst ansehe,
und anderes neu erschaffe
Das Leben verlangt von uns allen einen bestimmten Einsatz
Eine Präsenz, die wir nicht vortäuschen können oder auf
unbestimmte Zeit verschieben

When nowhere feels like home
It means you are being called to build one
When nothing feels okay
You are being called to ask why not
When you feel the most hopeless
You are being asked to rest
When you are certain you aren't beautiful enough
You are being asked to make beautiful the parts of you
You think it would be easier to change

Begging for a new life with your pain never works
Saying to god, »See how unfair this is?«
Is not how you get her to fix anything
And that's what you're doing with your pain
Calling for help with the work
That was always just yours

Wenn es sich nirgendwo wie zu Hause anfühlt
Bedeutet das, dass du aufgerufen bist, dir ein Zuhause zu schaffen
Wenn sich nichts in Ordnung anfühlt
Bist du aufgerufen zu fragen, warum nicht
Wenn du dich völlig ohne Hoffnung fühlst
Bist du aufgerufen, zur Ruhe zu kommen
Wenn du dir sicher bist, du seist nicht schön genug
Bist du aufgerufen, das an dir zu verschönern
Was sich für dich am einfachsten verändern lässt

In deinem Schmerz um ein neues Leben zu bitten funktioniert niemals
Zu Gott zu sagen: »Siehst du, wie ungerecht das ist?«
Bringt ihn nicht dazu, etwas zurechtzurücken
Und so gehst du auch mit deinem Schmerz um
Du rufst nach Hilfe bei der Aufgabe
Die immer schon ganz allein deine war

You can choose how you travel
You can decide where you're going
You will never know which route
Will be the one to take you there

So don't collapse when things
Don't seem to be working
Unanswered prayers are answers
Failed plans are signs
Even things that don't work out
Are still part of the path

Failures are detours
Not destinations

Du kannst wählen, wie du reist
Du kannst entscheiden, wohin du gehst
Doch du wirst nie wissen, welche Route
Dich dorthin bringt

Also verzweifle nicht, wenn die Dinge nicht
zu funktionieren scheinen
Unbeantwortete Gebete sind Antworten
Gescheiterte Pläne sind Zeichen
Und selbst das, was nicht gelingt
Ist dennoch Teil des Weges

Zu scheitern bedeutet, Umwege zu gehen
Es ist nicht das Ziel

A coincidence is a sign
Serendipity is not an accident

Ein Zufall ist ein Zeichen
Ein glückliches Zusammentreffen
geschieht nicht umsonst

Every emotion has a message
Every feeling has a purpose
Fear means you've determined that you love
Anxiety means you're too far into the past or future
Anger means you've recognized some form of truth –
Or identified how something should be different
Discomfort means something is not right,
And you're being offered the opportunity
To change it

Jede Emotion hat eine Botschaft
Jedes Gefühl hat einen Sinn
Angst bedeutet, du hast beschlossen zu lieben
Beunruhigung bedeutet, du bist zu weit in der Vergangenheit oder der Zukunft
Wut bedeutet, du hast eine gewisse Wahrheit erkannt
Oder festgestellt, inwiefern etwas anders sein sollte
Unbehagen heißt, dass etwas nicht stimmt
Und du die Gelegenheit bekommst
Es zu ändern

I'm always having to remind myself
It is okay to be hungry
It is okay to rest
It is okay to do nothing but laugh in a day

Ich muss mich immer selbst daran erinnern
Es ist in Ordnung, Hunger zu haben
Es ist in Ordnung auzuruhen
Es ist in Ordnung, an einem Tag nichts anderes zu tun,
als nur zu lachen

There are no happy endings
There are, at best, happy days
Happy moments
And they do not come because
The world has stopped being broken
And handing you hardship
They come because you've learned
You've learned how to respond
You've learned how to become
And you know what to do now
Self-reliance is peace

Es gibt keine »Happy Ends«
Es gibt, bestenfalls, glückliche Tage
Glückliche Momente
Und sie kommen nicht, weil
Die Welt auf einmal nicht mehr kaputt wäre
Und dir keine Schwierigkeiten mehr auflädt
Sie kommen, weil du gelernt hast
Du hast gelernt zu reagieren
Du hast gelernt zu werden
Und du weißt, was jetzt zu tun ist
Eigenverantwortung bedeutet Frieden

Conventional wisdom tells us to trust our feelings. Spirituality often seems to imply that our emotions are earpieces to the universe, that using our instincts, which are connected to our subconscious minds – the roughly 90 % of information that our brains don't retain conscious knowledge of – we can predict, or »just know,« what's going to happen. There's good reason for this. There's a lot of research that tells us we can benefit tremendously from being tuned into ourselves. But this advice is not foolproof. We're often only hearing half the story.

We should not trust everything we feel. Not every single thing we feel is true or means something about what will be true. We frequently confuse a fear for an »instinct« or trust a feeling that's based on an irrational thought as though it's one that's based in reality. In fact, learning to override some of our strongest, most compelling emotions is how we find healing, achievement, health, and enlightenment. The issue is not that we need to feel less, but that we need to be able to interpret how we feel with conscious, critical logic. Our emotional navigation systems only work when we have a discerning mind in the driver's seat.

Sometimes the partners we have the strongest feelings for end up being the unhealthiest relationships for us – our attachments to them comfortable recreations of the relationships we knew in childhood. Sometimes the careers we think we will love doing are the ones we are least suited for, but blinded by passion, we burn away our years chasing them. Sometimes our procrastination is not an indication that we're »on the wrong path«; rather, that we're just being lazy or don't know how to act in spite of meaningless discomforts. Sometimes avoiding a situation is not what's healthiest for us emotionally, and exposing ourselves to it would liberate us for good. Sometimes a relationship isn't »meant to be,« no matter how strongly we feel otherwise. Sometimes we dissolve relationships that were actually very good for us due to common frustrations that were never woven into our »fairy tale love« narrative – and so we assume they are markers of it being »wrong.«

Emotions cannot give us the answers to these dilemmas. Misunderstood emotions create these dilemmas.

Traditionellen Weisheiten zufolge sollen wir unseren Gefühlen vertrauen. Spiritualität scheint uns oft nahezulegen, dass unsere Emotionen Antennen ins Universum sind, dass wir durch die Nutzung unseres Instinkts, der mit unserem Unbewussten verbunden ist – den etwa 90 % der Informationen, von denen unser Gehirn kein bewusstes Wissen hat –, vorhersagen können, oder »einfach wissen«, was passieren wird. Dafür gibt es gute Gründe. Viele Forschungsergebnisse zeigen, dass wir enorm davon profitieren können, uns auf unser Inneres einzustimmen. Doch dieser Rat ist nicht blind zu befolgen. Oft vernehmen wir nur einen Teil der Geschichte.

Wir sollten nicht allem trauen, was wir fühlen. Nicht wirklich alles, was wir fühlen, ist wahr oder sagt etwas darüber aus, was in der Zukunft sein wird. Häufig verwechseln wir eine Angst mit einem »Instinkt«, oder wir vertrauen einem Gefühl, das auf einem irrationalen Glauben beruht, so als beruhe es auf Tatsachen. Indem wir jedoch lernen, uns über einige unserer stärksten Emotionen hinwegzusetzen, finden wir zu Heilung, Erfolg, Gesundheit und geistiger Klarheit. Dabei geht es nicht darum, dass wir weniger fühlen sollten, sondern dass wir in der Lage sind, mit bewusster, kritischer Logik zu interpretieren, wie wir fühlen. Unser emotionales Navigationssystem funktioniert nur, wenn ein zur Unterscheidung fähiger Verstand am Steuer sitzt.

Manchmal erweisen sich die Partner, für die wir die stärksten Gefühle hegen, am Ende als die ungesündesten Beziehungen – und unsere Bindung an sie nur als ein angenehm vertrautes Wiedererleben der Beziehungen, die wir aus der Kindheit kennen. Manchmal sind wir für den Berufsweg, den wir so gerne gehen würden, am wenigsten geeignet, doch von Leidenschaft geblendet, vergeuden wir unsere Zeit, indem wir ihn dennoch verfolgen. Manchmal ist unsere Prokrastination kein Hinweis darauf, dass wir »auf dem falschen Weg« sind, sondern eher darauf, dass wir einfach zu bequem sind oder nicht wissen, wie wir trotz eines im Grunde unbedeutenden Unbehagens aktiv werden können. Manchmal ist es emotional nicht gerade sehr gesund für uns, eine Situation zu meiden, und uns ihr auszusetzen würde uns am Ende befreien. Manchmal »soll« eine Beziehung einfach »nicht sein«, egal, wie anders wir empfinden. Manchmal lösen wir Beziehungen auf, die im Grunde sehr gut für uns waren – aufgrund ganz normaler Frustrationen, die eben nie in unser märchenhaftes Narrativ von Liebe eingewoben wurden. Und so verstehen wir sie als Zeichen dafür, dass etwas »falsch« ist.

Emotionen können uns keine Antworten auf diese Dilemmata geben. Falsch verstandene Emotionen erzeugen ein solches Dilemma erst.

If you don't have what you want right now
You are being prepared for what you want
And that is usually the problem
Everyone eventually gets
Exactly what they want

Wenn du jetzt nicht das hast, was du gerade willst
Wirst du auf das vorbereitet, was du willst
Und darin liegt meistens das Problem
Alle bekommen am Ende
Genau das, was sie wollen

I wish I had a name for the hunger in me
The kind that nothing seems to feed
I wish I could water out the fires in me
So all that's left of them is steam

Ich wollte, ich hätte einen Begriff für den Hunger in mir
Diese Art von Hunger, der nie gestillt zu werden scheint
Ich wollte, ich könnte die Feuer in mir mit Wasser löschen
Sodass nur noch Wasserdampf zurückbleibt

Maybe you keep creating problems
Because it means you can express and witness
Your inner power
Maybe you are not addicted to the darkness
But in playing with your light

Vielleicht erschaffst du immer wieder Probleme
Weil du so deine innere Stärke
Ausdrücken und bezeugen kannst
Vielleicht bist du nicht der Dunkelheit verfallen
Sondern dem Spiel mit deinem Licht

Passion is the spark that lights the fire
Purpose is the kindling that keeps it burning all night
Your passion is the fleeting emotion

You cannot build a life on sparks that last seconds
But the embers they leave, the slower fuel
That is the gold mine

Leidenschaft ist der Funken, der das Feuer entzündet
Sinnhaftigkeit ist das Brennholz, das es über Nacht nicht ausgehen lässt
Deine Leidenschaft ist die vergängliche Emotion

Du kannst ein Leben nicht auf Funken bauen, die Sekunden leuchten
Sondern nur auf die Glut, die sie hinterlassen, den langsameren Brennstoff
Das ist die Goldmine

Your future is dormant within you

Deine Zukunft schläft in deinem Innern

Did Jesus leave the lepers
Because he didn't like their »vibes?«
When did we start thinking love
Was an intolerance of negativity?
When it's being able to stand within it
And not be influenced
Patching the holes in the bottom of your ship
So whether you're in a shallow stream
Or miles deep in the ocean
You can still float
You can still be

Hat Jesus die Aussätzigen verlassen
Weil ihm ihre »Vibes« nicht gefielen?
Wann haben wir angefangen zu glauben, Liebe
Würde Negativität nicht tolerieren?
Wenn sie es schafft, sie auszuhalten
Und sich nicht beeinflussen lässt
Und die Löcher im Boden deines Bootes stopft
Dann kannst du, ob in einem seichten Fluss oder
Meilenweit draußen im Meer
Immer noch treiben
Immer noch sein

I don't know why this is
I don't know why the universe is constantly expanding,
Or why nature is evolving and then destroying itself only to begin again
I imagine the answer is too complex for a human mind to understand,
But I also imagine that if we could know
It would be so simple and beautiful, it would move us to tears
Something like: Matter is conscious and it's so in love with its potential
It just wants to see everything it can do

Ich weiß nicht, warum das so ist
Ich weiß nicht, warum das Universum sich ständig ausdehnt
Oder warum die Natur sich entwickelt und dann selbst zerstört, um wieder von vorn zu beginnen
Ich könnte mir vorstellen, die Antwort ist viel zu komplex für einen menschlichen Verstand
Aber ich glaube auch, wenn wir sie wüssten
Wäre sie so einfach und so schön, dass sie uns zu Tränen rühren würde
So etwas wie: Materie hat Bewusstsein und ist so in ihr Potenzial verliebt
Dass sie einfach sehen möchte, wozu sie alles in der Lage ist

Your whole life is not a journey of creating yourself,
But witnessing that you are already complete
A shedding of illusion

Dein ganzes Leben ist keine Reise, auf der du dich selbst erschaffst
Sondern auf der du bezeugst, dass du bereits vollständig bist
Ein Abschied von Illusionen

The value is in the room
Each moment is pure potential
You either let your mind
Keep recreating what it's known,
Or you start playing with the light

Der Nutzen liegt auf der Hand
Jeder Moment ist reines Potenzial
Du lässt entweder deinen Geist
Weiter erschaffen, was ihm bekannt ist
Oder du beginnst, mit dem Licht zu spielen

Your doings are binding
Your mind is adapting as you
Do, as you say, as you think

Deine Handlungen sind bindend
Dein Geist passt sich an, während du
Agierst, während du sprichst, während du denkst

What a searing truth
That every sour love I've chosen
Has unveiled some part of me
I tried to keep secret
Some part that was strong enough
To silently choose the person
Who could bend my ego far enough back
And let her free

Was für eine erbarmungslose Wahrheit
Dass jede bittere Liebe, die ich mir ausgesucht habe
Einen Teil von mir enthüllt hat
Den ich geheim halten wollte
Einen Teil, der stark genug war
Um sich stillschweigend den Menschen auszusuchen
Der mein Ego weit genug beugen konnte
Und ihn befreien

Your emotions are not your energy
They are responding to your energy
It's like confusing the weather
With the entire universe

Deine Emotionen sind nicht deine Energie
Sie reagieren auf deine Energie
Das ist, als würde man das Wetter
Mit dem gesamten Universum verwechseln

All of this unexplainable suffering
Is knowing something is wrong
Without knowing what the alternative would be
And how is that?
That we can know what's wrong
And not realize it's an extrasensory perception
Being in a reality in which it's right
That life dripping down into this one
Telling us:
Here is the way out

All dies unerklärliche Leiden
Liegt darin zu wissen, dass etwas nicht stimmt
Ohne zu wissen, was die Alternative wäre
Und wie kann das sein?
Dass wir wissen können, was falsch ist
Und nicht erkennen, dass es eine außersinnliche
Wahrnehmung ist
In einer Realität zu sein,
In der es richtig ist
Das Leben, das tröpfchenweise in diese hineinsickert
Sagt uns:
Hier geht es raus

And do you know that what they say about you
Is what they really fear about themselves?

Und weißt du, dass das, was sie über dich sagen
Das ist, was sie in Wirklichkeit in Bezug auf sich selbst befürchten?

I exist in the midst of infinite abundance
I myself am infinite potential
Witnessing my dreams come true is my destiny
Holding the abundance of the Earth is my fate
I say thank you for my unanswered prayers
They were portals to my miracles
I say thank you for the challenges in my way
They are redirects to my path
I command the godhead within to release every cell
From patterning, threads of karma, illness, pain
I open my immaterial eye
To recognize the potential today will offer me
To change my life forever
I ask myself now
What I can do today to move closer
To the person I want and am meant to be?

Ich lebe inmitten einer unendlichen Fülle
Ich selbst bin unendliches Potenzial
Zu sehen, wie sich meine Träume erfüllen, ist mein Schicksal
Den Reichtum der Erde in mir zu tragen ist meine Bestimmung
Ich sage danke für meine unerhörten Gebete
Sie waren Portale zu meinen Wundern
Ich sage danke für die Herausforderungen auf meinem Weg
Sie führen mich zurück auf meinen Pfad
Ich weise die Gottheit in mir an, jede Zelle zu befreien
Von alten Mustern, Karmafäden, Krankheit, Schmerz
Ich öffne mein inneres Auge
Um das Potenzial zu erkennen, das mir das Heute bietet
Mein Leben für immer zu verändern
Ich frage mich jetzt
was kann ich heute tun, um der Person näherzukommen
Die ich sein will und zu der zu werden ich bestimmt bin?

You want to know when you're wasting your life?
When you check your phone though there's no notification
But you refresh, refresh – trying to find one
When you scroll to pass time
Because there is something uncomfortable in the moment
Begging you to change it
When you don't know what you want next
Because you haven't been able to sit with yourself long
enough to ask
Who am I becoming?
When you fear the future more than you are excited for it
Because you have placed your faith
In what the world will give you
Rather than what you will create

Du willst wissen, wann du dein Leben verschwendest?
Wenn du dein Handy checkst, auch wenn kein Benachrichtigungston zu hören war
Doch du aktualisierst und aktualisierst – um eine neue Nachricht zu finden
Wenn du scrollst, um Zeit totzuschlagen
Weil dem gegenwärtigen Moment ein Unbehagen innewohnt
Das dich anfleht, es zu verändern
Wenn du nicht weißt, was du als Nächstes tun willst
Weil du es nicht geschafft hast, lang genug bei dir zu bleiben, um dich zu fragen
Zu welchem Menschen will ich werden?
Wenn du die Zukunft mehr fürchtest, als sie mit Spannung zu erwarten
Weil du dein Vertrauen mehr in das gesetzt hast
Was die Welt dir schenken wird
Als in das, was du erschaffen wirst

Sometimes the only purpose someone has in our lives
Is to make us feel something we didn't know was in us

Manchmal hat jemand nur einen einzigen Zweck in unserem Leben zu erfüllen
Nämlich uns etwas fühlen zu lassen, von dem wir nicht wussten, dass es in uns war

Maybe you were the hero you were waiting for
Maybe you were the love of your life all along
Maybe you were always happy
And just thought you needed the reassurance of someone safe
To let yourself feel it

Vielleicht warst du selbst der Held, auf den du gewartet hast
Vielleicht warst du die ganze Zeit die Liebe deines Lebens
Vielleicht warst du schon immer glücklich
Und hast nur gedacht, du brauchtest die Rückversicherung
von jemandem, dem du vertraust
Damit du es fühlen kannst

It is all a swinging pendulum
A hard hit back only means
You're being prepared to move forward
And each time you do
You're in a newer world than before
You never go back to where you started
That place doesn't exist
And neither does the old you

Alles ist ein hin und her schwingendes Pendel
Ein schwerer Rückschlag bedeutet nur
Du wirst darauf vorbereitet, weiterzumachen
Und jedes Mal
Bist du in einer neueren Welt als zuvor
Du kommst niemals dorthin zurück,
von wo aus du losgegangen bist
Diesen Ort gibt es gar nicht
Und auch nicht dein altes Ich

Do you know what happens when you light a fire within you?
It burns everything that's standing in the way

Weißt du, was passiert, wenn du ein Feuer in dir entfachst?
Es verbrennt alles, was dir im Weg steht

Being truly fulfilled
Is an impenetrable shield
There is no resistance to an insult
There is no need for someone to approve
There exists such a deep joy
And nobody else's words put it there
So nobody else's words can take it away

Wahrhaft erfüllt zu sein
Ist ein undurchdringlicher Schild
Es gibt keinen Widerstand gegen eine Beleidigung
Es gibt kein Bedürfnis nach Bestätigung durch andere
Da ist eine ganz tiefe Freude
Und nicht die Worte eines anderen Menschen haben sie dir gebracht
Also können sie dir die Worte eines anderen Menschen nicht nehmen

A microcosm of cells and stars
Expanding inversely
If only the microscopes could see
The mini-universes our atoms
Are the planets of

Ein Mikrokosmos aus Zellen und Sternen
Der sich nach innen erstreckt
Wenn nur die Mikroskope in der Lage wären
Die Mini-Universen zu sehen, in denen unsere Atome
Die Planeten sind

Every day, you make your last memory
With every person you see
But people don't stagnate
Even after our ideas of them stop forming
Give people a chance to show you who they've become
Give them the space to change
And then believe them the first time
When they show you how much they have
Or how much they've stayed the same

Jeden Tag bildest du dir deine letzte Erinnerung
Mit jedem Menschen, den du triffst
Doch die Menschen bleiben nicht stehen
Nicht einmal, nachdem unsere Vorstellung sie fixiert hat
Gib den Menschen die Chance, dir zu zeigen, zu wem sie geworden sind
Gib ihnen den Raum, sich zu verändern
Und dann glaube ihnen zum ersten Mal
Wenn sie dir zeigen, wie sehr sie sich verändert haben
Oder wie sehr sie dieselben geblieben sind

Wait for the reckoning
There is always a reckoning

Warte auf die Bilanz
Es gibt immer einen Ausgleich

The things you lose are not lost
They are part of you, they have built you
Their job is finished
What's no longer in front of you
Is now within you
The things that linger
Are still at work

Was du verlierst, ist nicht verloren
Es ist ein Teil von dir, es hat dich geformt
Seine Arbeit ist beendet
Was nicht länger vor dir liegt
Ist jetzt in dir
Was geblieben ist
Arbeitet noch

Nature echoes what humans resist
That cocoons burst open
And stars implode into supernovas
And that birth is painful to the one delivering
And that to become who we are
We must shed who we aren't
We must allow ourselves the storm

Die Natur spiegelt, wogegen die Menschen sich sträuben
Dass Kokons aufplatzen
Und Sterne zu Supernovae zerfallen
Und dass eine Geburt schmerzhaft für die Gebärende ist
Und dass wir, um zu dem zu werden, was wir sind
Ablegen müssen, was wir nicht sind
Wir müssen den Sturm zulassen

The question is always:
If this thought, if this choice, if this feeling
Isn't serving me,
Then whom am I sustaining it for?
To whom am I offering my life force?
And to what am I handing my power?

Die Frage ist immer:
Wenn dieser Gedanke, wenn diese Entscheidung,
wenn dieses Gefühl
Mir nicht dient
Für wen erhalte ich sie dann aufrecht?
Wem widme ich meine Lebenskraft?
Und wohin übergebe ich meine Macht?

Sometimes you will go through darkness,
And that is the end of the sentence
It was a dark winter, and nothing more
You sank and you purged
And you didn't understand why you laid in sadness
Sometimes you don't need to know why
You only need to go through it

Manchmal wirst du durch Dunkelheit gehen
Und damit ist der Satz zu Ende
Es war ein dunkler Winter und nicht mehr
Du warst am Boden und hast dich gereinigt
Und du hast nicht verstanden, warum du in Traurigkeit gehüllt warst
Manchmal brauchst du nicht zu wissen, warum
Du musst nur hindurchgehen

Your life is an echo
Everything is feedback
If you want to know how you're doing
Look at how the world is responding

Dein Leben ist ein Echo
Alles ist Resonanz
Wenn du wissen willst, wie du dich machst
Sieh dir an, wie die Welt reagiert

Reading has shaped me, unshaped me,
bothered me, and taught me
I healed because I learned to think
as other people wrote

Lesen hat mich geformt, meine Form aufgelöst,
mich beunruhigt und mich gelehrt
Ich wurde heil, weil ich gelernt habe zu denken,
wie andere Leute schreiben

Live so that death has nothing to steal

Lebe so, dass der Tod dir nichts nehmen kann.

I seared my fractured lines with possibility
I am not healed because I am whole
I am healed because I adapt now

Ich durchzog meine gestrichelten Linien mit Möglichkeiten
Ich bin nicht geheilt, weil ich ganz bin
Ich bin geheilt, weil ich jetzt flexibel bin

When I was a little girl
I remember standing
Letting waves run over my scrapes

Mama said salt water heals

And everything that pours
From your body's releasing
Is salt water

And everything that heals creates salt water
And everything that breaks us makes salt water

Als ich ein kleines Mädchen war
Stand ich da, so erinnere ich mich
Und ließ die Wellen über meine Wunden laufen

Mama sagte, Salzwasser heilt

Und alles, was
Sich aus deinem Körper löst
Ist Salzwasser

Und alles, was heilt, erzeugt Salzwasser
Und alles, was uns bricht, wird zu Salzwasser

Lies das ...

Coverabbildungen vorbehalten

Brianna Wiest

The Life That's Waiting

Befreie dich von negativen Gedanken und finde deinen Weg

Aus dem amerikanischen Englisch
von Renate Graßtat
Piper, 208 Seiten
ISBN 978-3-492-07305-9

... wenn du dich immer mit anderen vergleichen musst
... wenn du zu wichtig nimmst, was andere Leute denken
... wenn du dein Leben ändern möchtest, aber nicht weißt, wo du anfangen sollst
Brianna Wiests neues Buch ist ein kluges und zugleich warmherziges Nachschlagewerk unserer Gefühle. Voller Empathie beschreibt sie darin, was viele von uns schon einmal durchgemacht haben, gerade durchmachen oder irgendwann durchmachen werden.

Leseproben, E-Books und mehr unter www.piper.de